我和我的宝宝老师

［法］艾格妮丝·戴莎特 (Agnès Desarthe) / 著

［法］路易·托马 (Louis Thomas) / 绘　夏冰洁 / 译

GUANGXI NORMAL UNIVERSITY PRESS

广西师范大学出版社

· 桂林 ·

献给迪伦和玛丽·德蔻蒂，也感谢西尔维娅一如既往的关照。当然，我没忘记我最最亲爱的印第安小丫头。

我和我的宝宝老师
Wo He Wo De Baobao Laoshi

出版统筹　伍丽云　　　　　　　　助理编辑　段周薇
质量总监　孙才真　　　　　　　　责任营销　冯彦中
策划编辑　段周薇　　　　　　　　责任美编　唐明月
责任编辑　吴　琳　　　　　　　　责任技编　马其键

图书在版编目（CIP）数据

我和我的宝宝老师 /（法）艾格妮丝·戴莎特著 ；（法）路易·托马绘；夏冰洁译. -- 桂林：广西师范大学出版社，2023.11
（2024.6 重印）
（魔法象. 故事森林. 法语大奖书屋. 第二辑）
ISBN 978-7-5598-6392-8

I. ①我… II. ①艾… ②路… ③夏… III. ①儿童小说 -
中篇小说 - 法国 - 现代 IV. ①I565.84

中国国家版本馆 CIP 数据核字（2023）第 177047 号

广西师范大学出版社出版发行

（广西桂林市五里店路 9 号　邮政编码：541004）
（网址：http://www.bbtpress.com）
出版人：黄轩庄
全国新华书店经销
北京博海升彩色印刷有限公司印刷
（北京市通州区中关村科技园通州园金桥科技产业基地环宇路 6 号　邮政编码：100076）
开本：787 mm × 1 092 mm　　1/32
印张：3.25　　　字数：33 千
2023 年 11 月第 1 版　　2024 年 6 月第 4 次印刷
定价：27.80 元

如发现印装质量问题，影响阅读，请与出版社发行部门联系调换。

走进法语儿童文学的"卢浮宫"

李祖文 / 特级教师、全国百班千人读写计划总导师

几年前，我曾经带领学生们在阅读教室里做过一项素质拓展活动：认识国别文学。我悉心准备相关国家的文学作品和资料，包括书籍、音频和视频，组织学生研读、收听和观看，增强他们对该国的认识，了解代表该国国家形象的典型文化和文学作品。我选择了四个国家：美国、日本、俄罗斯和法国。学生根据自己的兴趣选择其中一个国家的文学和文化作为研究对象。经过一段时间的教学互动，我发现一个有趣的现象：研读美日俄儿童文学的学生轻而易举地找出了体现国家形象的代表物，快速地完成了任务。但研读法国儿童文学的学生呈现出了不一样的状态：他们进入沉浸式阅读和讨论，唇枪舌战，

兴致勃勃。因为他们在书里不仅发现了耳熟能详的卢浮宫、埃菲尔铁塔、巴黎圣母院、塞纳河等著名景点，而且发现了许多新鲜有趣的事物，比如独具特色的法国建筑、法国美食、法国时装等。

看着孩子们的好奇心被激发，求知欲被点燃，我一方面感到欣慰，一方面也感到一丝遗憾。因为我在收集材料的过程中发现，市面上缺少一套能够全面体现法国文学和文化的儿童文学。俗话说，念念不忘，必有回响。现在，"魔法象法语大奖书屋"就有效地填补了这一空白。

众所周知，法国是一个以浪漫和优雅著称的国度，拥有卢浮宫、埃菲尔铁塔、塞纳河、凡尔赛宫等名胜古迹。同时，法国也是一个文化和文学高度发达的国度，文坛名家辈出，诞生了一大批灿若星辰的文学巨擘：高乃依、拉辛、莫里哀、拉·封丹、伏尔泰、孟德斯鸠、卢梭、雨果、巴尔扎克、大仲马、小仲马、莫泊桑、左拉、福楼拜、波德莱尔等。

作为法国文学的一个分支，法国儿童文学也是成绩斐然、硕果累累。比如，17 世纪的法国作家拉·封丹被誉为世界四大寓言家之一，他创造性地改编了许多经典寓言：《知了和蚂蚁》《乌鸦和狐狸》《狼和小羊》《龟兔赛跑》《农夫和蛇》等。因此，拉·封丹寓言，和伊索寓言、克雷洛夫寓言一起，组成世界寓言作品的三座丰碑。另外，同时代的法国作家夏尔·佩罗也创作了很多脍炙人口的童话：《小红帽》《灰姑娘》《睡美人》《小拇指》《蓝胡子》《穿靴子的猫》等。这些作品开辟了西方童话创作的先河，先后启发了格林兄弟和安徒生的创作，佩罗也因此被誉为"西方童话之父"。

而现当代法国儿童文学最闪亮的明珠当属我们最熟悉的《小王子》。据统计，自 1943 年发表以来，《小王子》已经被译成两百五十多种语言，全球销量仅次于《圣经》。《小王子》以感人的故事、优美的语言和深刻的哲理感动着千千万万的小朋友和大朋友。"魔法象法语大奖书屋"也秉承上述特点，致力呈现高品质的法国儿童文学。更令人惊喜的是，除了法国儿童文学，本套书还囊括了全球法语区多个国家和地区的儿童文学作品，集中展现了一个多元开放的创作盛况。比如，在这套书里，我们可以读到很多个性鲜明的文学形象。我印象最深刻的就是下文这个让人过目难忘的外婆：

　　她扑通跪了下来，开始仔细检查，鼻子差点儿就贴到了粪便。看她这副架势，不知情的人还以为她在膜拜一个奇迹、一件圣物。

　　"有一件事情是肯定的，我的孩子。我以前从来没见过这种粪便。"

　　……

　　又一道闪电划过天际，紧接着又是一阵震耳欲聋的雷鸣……雨越下越大。我赶紧回到车上避雨，而外婆依然站在雨中，仰着头，张开双臂，一边转圈儿一边放声大笑。

　　我很想知道，在我的同学当中，谁还会有一个能在雨中跳舞的外婆。"你得留神你外婆，好好管着她，别让她做傻事。"我的耳边响起了妈妈的这句叮嘱。但是，妈妈误解了外婆，因为我拥有这个地球上最最有趣的外婆！

实际上，"魔法象法语大奖书屋"的特点之一，就是塑造多彩多姿的人物形象，就像一个儿童文学的"卢浮宫"。本套书塑造了很多"不一样"的主人公：不一样的外婆、不一样的奶奶、不一样的小女孩……就连螯虾也变得不一样：

在眩晕中，他脑袋里闪回一幕幕幸福的画面：那片生他养他的翡翠绿海湾；他居住的深海沟宁静而祥和；他温柔的母亲，藏在礁石后面，孵化他的弟弟妹妹；他那一大帮兄弟姐妹，少不了吵吵闹闹，推推搡搡；还有他第一次蜕壳，虾壳脱落的那一瞬间，凉丝丝的水流拂过他柔软细嫩的身体……

看看，螯虾也有自己的想法，多么的不一样！

可有想法的动物角色不只是螯虾，另一本书里还有不一样的松鼠呢。《我亲爱的朋友》里是这样写的：

"这真是一封特别的信。"他眯起眼睛思考着，"我要怎么寄出去呢？信要怎么读信呢？信要先把自己拆开再读吗？那回信呢？信会回复一封信吗？"

疑问一个接着一个冒了出来……

这些多彩多姿的文学形象体现了法语儿童文学的一个特点：浪漫而富于哲思，优雅而趣味十足，这就是法语儿童文学最大的不一样，也是它的独特魅力，使其成功立足世界儿童文学森林。比起大量引进的英美儿童文学，我们平时很少有机会集中地阅读法语儿童文学。幸运的是，"魔法象法语大奖书屋"带给了我们新的视角，让我们浪漫起来，带着好奇和热情，畅游在法语儿童文学的世界里。

实际上，这套书选品广博，入选书目涵盖了全球法语区的几十项童书大奖，包括法国的女巫奖、圣·埃克苏佩里奖、小小书虫奖、奇幻儿童小说奖、水晶球奖、儿童文学批评奖、蒙特耶童书展金块奖等二十五项奖项；比利时的布鲁塞尔联邦青少年文学大奖、小懒虫童书奖、利比里儿童文学大奖、维克多新人作家奖等十六项大奖；瑞士的儿童幻想童书奖、小顽童奖、长幼亲情文学奖等十一项大奖；加拿大的青少年文学奖、总督文学奖、塞西尔儿童文学奖等六项大奖；以及摩洛哥的加卡兰达奖等。可以说，这些大奖的获奖作品比较全面地代表了当今法语区儿童文学的最高峰。

也许，你乍看这些奖项名称，会觉得陌生和惊讶。但是没有关系，你只要翻开这套书，就会逐渐熟悉这些国家的孩子。他们是你们的同龄人，和你们一样，有着五彩缤纷的生活和独立自主的思考。比如，《我亲爱的朋友》通过甜蜜的来信串联起小动物们的友情和思念，其中一个故事描写了孤独的鼹鼠给自己写信。这个看似荒诞的场景其实反映了哲学家讨论的一大问题：我们如何独处？又比如，《螯虾，快跑！》讲述了一只即将成为盘中餐的螯虾，奋力逃离餐厅后厨，联手小女孩让娜，拯救大虾小蟹，奔向自由。这个激动人心的故事，其实表现了一个严肃的问题：人类需要尊重所有的生灵吗？这些故事的叙述符合小孩子感知世界、看待事物的方式：天真而又真诚，感性而又客观。

你还记得《小王子》中狐狸分享给小王子的那个终极秘密吗？"本质的东西用眼是看不见的，只有用心才能看见。"是的，阅读就是一个"用心看"的过程：因为"用心看"，真善美的价值观才能扎根在我们的心灵，引航我们的人生。更重要的是，你不用迈出家门，只要"用心看"，就可以走进法语儿童文学的"卢浮宫"。

只是我不知道，我的学生如果也看过"魔法象法语大奖书屋"，他们在做相关的阅读拓展活动时，会津津有味地研读下去吗？我相信，一定会的！

发展型的"自我",探索"世界"的良方

余雯／国家图书馆少年儿童馆副研究馆员

　　每个人在学生时期,都遇到过一两个严厉的老师吧? 在《我和我的宝宝老师》这本书里,小主人公娜娜古灵精怪,活泼好动。她刚上一年级,就遇到了规矩众多、精明严厉的宝宝老师。看到这样的设定,我们多半会设想后面的内容: 结局一定是小淘气战胜了老古板,而且老师也变得和蔼可亲了。给孩子的故事总是这样的,不是吗?

　　娜娜和宝宝老师却会手牵着手喊道: 当然不是! 因为这个故事别出心裁,充满新意,它不是一次套路式的师生斗法,而是师生共同完成的一场超越自我的人生历险。

　　从儿童心理学的角度来看,本书通过娜娜的视

角，圆融流畅地为读者展现了儿童去自我中心的过程。据研究，儿童在两三岁的时候，第一次真正使用"我"这个人称代词，代表其初步形成了"自我"的概念。在之后的人生中，他们会反复在"自我"和"外部世界"之间，艰难地寻求平衡。

娜娜拥有很坚实的"自我"。父母和姐姐给了她丰沛的爱，让她能快乐而自由地做自己，"我还是喜欢我现在的样子"。同时，家人浓浓的爱意也催生了娜娜的坚定和自信，推动她探索"外部世界"。

在娜娜目前短短的人生中，宝宝老师是她遇到的来自"外部世界"的最大挑战。这位老师乍看起来古板严厉，不苟言笑，让人敬而远之。出于儿童的天性，娜娜不喜欢宝宝老师定下的种种条条框框。而出于正直和善良，她对许愿宝宝老师不再回到学校这件事心怀愧疚。面对矛盾，娜娜没有过多犹豫，勇敢地敲响了宝宝老师的心门。因为她意识到，宝宝老师是唯一叫她全名"娜德嘉"，并且平等对待她的大人。"人不可貌相"，谁能想得到宝宝老师冷若冰霜的外表下，有一颗温柔敏感的心呢。而且，克服外表和第一印象带来的偏见是多么困难的一件事！因此，娜娜态度的转变尤其宝贵，因为她从"自我"中走了出来，发现了人的多面性与复杂性，开始以更宽广的视野面对这个世界，迈入了自我发展的新阶段。

再转向宝宝老师的视角，我们会感受到，无论年岁几何，人总有改变自己的机会，而且这种改变并非是刻意衬托主人公能力与形象的"情节设计"，而是出于人物内心对自我挑战与完善的需求。宝宝老师作为一个旧时代的老师，渐渐无法适应新时代的儿童。然而她从未放肆地发泄情绪、贬损孩子。这份尊重与友爱终究能被学生感知到，为双方建立起信任与沟通的桥梁。也由此，宝宝老师找到了与学生相处的正确方法。

我们常说"教学相长"，教师与学生，父母与孩子，总能从彼此身上发现值得学习与尊重的地方。但在现实中，一个成年人要放下优越感和控制权，是非常难的。宝宝老师做到了这一点，因为她对世界、对周围的人永远保持开放的态度，她从不惮于重塑"自我"与"外部世界"的关系。

就这样，娜娜和宝宝老师各自跨越内心的藩篱，在相遇、相识到相知的过程中，谱写了一段真挚而动人的师生情。正如故事结尾所说："就像学校上空一弯隐秘而美丽的彩虹，宝宝老师的笑容温暖着我们每个人的心。"我想，这就是世界上最美好、最温暖的师生关系。

目录

—1—

天不怕地不怕

　　我是天不怕地不怕的娜德嘉[1]。据说，我的名字在俄语里是"希望"的意思。不过为了方便，大家都管我叫娜娜。这个小名没什么特别的含义，却很适合我，因为它听起来就像捣蛋鬼做鬼脸、吐舌头时发出的声音"nanana"。我有一个大姐姐，名叫璐西[2]。据说，这个名字在

---

[1] 原文是"Nadejda"。

[2] 原文是"Lucile"。

某种外语里是"光明"的意思，可惜我也记不清是哪种外语了。"璐西"这个名字很适合我姐，不过没人管她叫璐璐，大家都一本正经地叫她的全名。这也难怪，因为我们姊妹俩性格刚好相反：我鬼马精灵、活泼好动，我姐则安静乖巧、温柔文雅。

而且，我们还有很多的不一样。比如她喜欢优雅淑女的古典舞，我则喜欢激烈刺激的空手道；又比如她马上就要读小学四年级，我则要读一年级。

暑假眼看就要结束了。一天晚上，璐西来到我的房间，表情严肃："娜娜，我有件事要告诉你。"

"爸妈吵架了？"

"不是。"

"外婆生病了？"

"也不是。"

我舒了口气："那还能有啥糟心事？瞧瞧你难看的脸色，我还以为天要塌了呢。"

璐西扑哧一声笑了，这下我完完全全放心了。因为我超级喜欢现在的生活，我可不希望发生什么糟糕的事。

"瞧你整天想的都是啥乱七八糟的事呀。"姐姐坐在我床上说道，"我要说的是开学。"

"嗐，就这事！姐，你别担心，我已经认识好几十个字了呢。"我拍拍胸脯，骄傲极了，"我读一年级完全没有任何问题。"

她不安地咬咬指头："娜娜，我说的不是学习方面的事。"

我一下来了兴趣："是学校的厕所吗？"

4

璐西白了我一眼："哎呀，你怎么会有这么奇怪的想法呢？"

我噘着嘴说："那可不能怪我。还不是因为你摆着一张臭脸，让我联想起臭臭的厕所！"

璐西哈哈大笑起来，她太了解我在表情研究方面的天赋了。不是我吹牛，我简直是表情研究的专家。这不，我发明了一大堆关于表情的词汇：过期面包式酸了吧唧脸、冷冻比萨式冷冰冰脸、噩梦初醒式大惊失色脸、"我家的狗狗全世界最可爱"式扬扬得意脸、"3+3=8"式难以置信脸等。

"你放心啦，这事和厕所没有半点儿关系。"姐姐说，"是小学里的事情，幼儿园里没有……"

我自作聪明，抢先说道："我知道啦，是家庭作业！"

姐姐瞪了我一眼："娜娜，拜托。你能先让我把话说完吗？"

　　确实，我每次都抢璐西的话。我不光是爱抢她的话，全世界人的话我都爱抢。迄今为止，很少有人能在我面前把话说得完完整整、顺顺溜溜的。因为我整个儿就是个话痨，嘴巴像机关枪似的，一天到晚噼里啪啦地说个不停。而且我的想法特多，如果不马上说出来，我感觉自己的脑袋就要爆炸似的！可是这次，我得尽量忍住，因为璐西的脸色更难看了，摆出一副大冬天穿湿袜子式痛苦难耐脸。

姐姐意味深长地看了我一眼："其实，我想跟你说的是一个人。她在咱们学校工作，但她既不是任课老师，也不是校长。"

我脑袋里立马像放烟花一样地出现了无数个形象：图书管理员、园丁、厨师、电工、保洁阿姨、保安……我差点儿喊出声："我知道了！是图书管理员、园丁、厨师……"我赶紧用手捂嘴，因为这次我必须得让璐西把话先说完。

姐姐故意压低声音，神神秘秘地说："这个人叫宝宝老师，她是生活老师。"

我一听，忍不住喊了出来："哇，'宝宝老

师'！还有人叫这么个神奇的名字？真的吗？你可别骗我！"

"千真万确，我对天发誓。"璐西举起右手，"确实有这么一个老师，关键是她超级超级超级严格。"

说完姐姐咬着嘴唇，下意识地四下望了望，仿佛宝宝老师马上就会出现在我们眼前。

"就像马塞尔姑姑那样严格吗？姑姑老爱板着脸，脸上写满了五花八门的'不可以'：'小孩不可以乱翻大人的包！''小孩不可以大喊大叫！''小孩不可以弄脏衣服！'"

璐西摇摇头："不，宝宝老师比马塞尔姑姑严格多了。"

我还是不甘心："那她比我的游泳教练马丁老师还要严格吗？一看见有人在泳池边跑来跑

去，马丁老师立马把脸拉得老长，脸色由晴转阴。"

姐姐又摇摇头："不，宝宝老师比马丁老师严格多了。"

我将眉一皱，把头一扭："哼，我不在乎。"

姐姐还是摇摇头："娜娜，要是你敢在宝宝老师面前这么放肆，她会罚你站墙角的。你得像木头人一样一动不动地站在那里，直到认错为止。"

我耸了耸肩，若无其事地继续玩玩具。我是真的不在乎，因为我什么都不怕，谁也不怕。

—2—
功夫女孩

其实，我像盼星星盼月亮一样盼着上小学。妈妈说，上小学就意味着我长大了。而且，上小学之后，我可以干好多好多的事：比如我想学写字母，就像姐姐一样把字写得漂漂亮亮、整整齐齐的。又比如我想订阅一本少儿空手道杂志，这样我就可以自个儿翻看了。总之，等上了小学，将有一大堆的事情等着我去做，一大堆的愿望等着我去实现。可惜，有一个愿望我无法实现，那就是戴忍者头巾去上学。妈妈坚决不允许，说什么成何体统。不过，这可难不倒我。这不，我偷偷从旧海盗服上剪了一块黑布条，放到书包里。我的如意算盘是，在课间休息的时候偷偷戴一戴。

我左盼右盼，终于盼到开学啦！这天一早，

太阳当空照，花儿对我笑，爸妈手拉手走在后面，我们姊妹俩手拉手走在前面。我一路上蹦蹦跳跳的，兴奋极了，恨不得三步并作两步就走到学校。而璐西与我刚好相反，怎么说呢，我有多高兴，她就有多丧气。她的大手拉着我的小手，而且越拉越紧了。不知怎的，一到开学璐西就莫名其妙地紧张起来。她说她害怕没有朋友，害怕老师会不喜欢她，害怕考试考砸了……她可真是杞人忧天！她方方面面都是好学生：学习好，是个学霸；性格好，是个开心果；长得好，是个万人迷。我要是有她一半优秀，就谢天谢地啦。

我回想起前天晚上，姐姐特意来我房间，问我能不能变得听话一点儿，因为我现在上小学了，是个大孩子了。

我想了一会儿，问道："为什么要变得听话一点儿？"

　　"没什么。就是改变一下，我想知道你听起话来是什么样子。你试试嘛，或许你会喜欢呢。"

　　我又想了一会儿，振振有词起来："这样的话，再加上你，咱家就有两个听话的乖宝宝了。

要是大家都很听话，该多么无聊啊。算了吧，我还是喜欢我现在的样子。"

姐姐叹了口气："娜娜，你还记得我对你说过的宝宝老师吗？她会在学校里全程紧盯我们，还会冷不丁地出现在食堂和走廊，看看我们有没有遵守纪律。"

"她罚过你？"

"这倒没有。"姐姐皱着眉斜起头想，"不过她罚过基利安。你知道，基利安这人其实也没啥大毛病的，但还是逃不过宝宝老师的火眼金睛。"

"基利安？就是那个小胖墩，天天装出一副可怜兮兮的样子，做错了事就甩锅到别人头上？怪不得呢！宝宝老师的确应该给他个教训，让他长个记性，学会勇敢地承担责任，做个名副其实的男子汉。姐你放心吧，我和宝宝老师会合得来的。"

"我的宝宝娜娜，你还是小心点儿吧，行吗？起码开学第一天不要去惹是生非。"

我最喜欢姐姐管我叫宝宝娜娜了，所以我不由得点点头。我啵唧亲了姐姐一下，心里美滋滋的。原来，我的小名和校园"霸王龙"的绰号差不多——宝宝娜娜和宝宝老师，可不就是差不多嘛！和姐姐相比，我就是这样一个不可救药的乐天派。

我就这样边走边胡思乱想着，不知不觉间走到了小学部教学楼的大门口。我看见两个大人像门神一样站在左右两侧，便抬起头来，大声说道："早上好！"

其中一个大人是保安叔叔杨咣。他是老熟

人，因为我们学校分小学部和幼儿园部，他时不时也到幼儿园部这边执勤。但今天他脸上露出前所未有的奇怪表情，仿佛在说："为什么阳光这么好，而我这个'杨咣'却感受不到一缕阳光呢？"其实，不光是保安叔叔，连我也感到一种前所未有的压抑。

这份压抑来自旁边的另一个大人——一位高大的女士正雄赳赳气昂昂地站在一侧。只见她穿着超酷的黑色高领上衣，盘着高高的发髻，头发紧贴头皮一丝不乱，嘴唇紧紧抿着，眼睛尖利明亮，脸上一副一切尽在掌握之中的表情："小机灵鬼，在我面前可别耍滑头。你尾巴一翘，我就知道你要干什么。"不消说，她就是大名鼎鼎的宝宝老师，真是闻名不如亲见呢。听见我的问好，她朝我微微点点头。也许，她只是不苟言笑，并没有传说中的那么严厉。

　　学校规定，开学第一天家长可以把新生送到教室。但我早就对爸妈说过，不用多此一举，因为有璐西陪我，况且我大多数的同学都是幼儿园的小伙伴呢。进教室之前，我回头看了一眼爸妈，向他们挥手告别。此时，校门口人山人海，站满了送孩子的家长。爸妈只能扒拉着栅栏，踮着脚，伸长脖子，朝我挥手，妈妈还边抹眼泪边抛给我几个飞吻。妈妈这是为了我终于读小学了，用她的话来说就是"养娃取得阶段性胜利"而喜极而泣，还是担心我不适应新环境而忧心忡忡、潸然泪下呢？我正左思右想的时候，一个声音在我头顶上响起来：

　　"你挡路了，开学第一天就制造交通堵塞，快到一边去。你是哪个班的学生？"

"可……可是宝宝老师，"璐西赶紧跑来解围，"她是一年级新生，她还不知道路呢。"

一听到我姐的声音，宝宝老师的表情立即阴转多云，朝我姐眨眨眼，仿佛在说："这是你

妹妹？你们姊妹俩看起来可一点儿都不像。"

我松了口气，如果这当口儿她惩罚璐西，我会露一手空手道功夫，展示我的厉害。不过还好，我总算有惊无险地走进教室。

一年级

— 3 —

停止战争，
还是光盘行动？

　　对我来说，小学一年级的课程超级简单。老师问的问题，我几乎全会，但是每次回答问题都得举手。举手一次两次还可以，十次二十次可把我累坏了，胳膊直发酸。我们的班主任叫玛丽－露，她同时也是我们的语文老师，圆圆的脸蛋像个红苹果，腮边有一对浅浅的酒窝，随着笑声打漩儿。我们还有一位辅导老师，叫作赖巍斯（吐槽一下，对一年级的小朋友而言，这位老师的名字可真难写啊，什么左右结构上下结构，什么横折钩竖弯钩）。她主要负责照顾康迪丝同学，因为康迪丝患有自闭症。晚上回家，我问爸爸什么是自闭症。爸爸说，自闭症意味着康迪丝和我们不一样，我们要多多关心她。

"可是我觉得她和我们一样呀，"我掰着指头数了起来，"因为康迪丝和我们一样，也有两只脚、两只手、两个耳朵、两个鼻孔和两只眼睛。唯一的不同就是她戴着眼镜。所以，自闭症意味着眼睛有问题吗？"

"不是这样的，小宝贝。"爸爸犹豫了一下，"呃……怎么说呢，自闭症很复杂，有可能是很多方面的问题。"

我拍手叫道："爸爸，你别装了。我看出来

了，其实你也不懂什么是自闭症，对吧？"

爸爸挠挠头，不好意思地笑了。他捏着我的下巴说："小机灵鬼，就算爸爸也不是上知天文下知地理的百事通啊！"

但是我记住了爸爸的嘱咐"要多多关心康迪丝"，所以课间休息的时候，我特意跑去和康迪丝玩空手道。我教她空手道的招式："你看我，首先腿像这样往下劈，然后手像这样握住拳。

但是注意啦，空手道是用来锻炼身体的，可不是用来打人的！"可是不知道什么原因，康迪丝还是一巴掌拍下来，登时我脸上胀起一个红色巴掌印。赖巍斯老师飞奔过来，把她拉开了。我生怕老师责备康迪丝，赶紧解释说，康迪丝不是故意的，况且我也不是很疼，我没那么娇气，因为空手道女孩要学会掌控情绪。老师一脸不

解地望着我，表情仿佛在说："咦，真是太阳打西边出来。她明明被打了，还跑过来说好话？"

转眼到了午饭时间，同学们呼啦啦地跑到食堂，一哄而入。我却没那么积极，因为食堂的饭菜不对我胃口，我尤其不喜欢酸汤酱汁炖鱼。你们可能不知道什么是酸汤酱汁，这是一种乳酪做成的酸酱汁，看起来黄黄的、黏黏的，闻起来臭臭的、酸酸的，吃起来滑滑的、怪怪的，简直跟臭袜子的馊味差不多。

总之，我必须按照鲁师父的教导才能吃下饭。鲁师父是我的空手道教练，是我最崇拜的偶像。他的真名叫作鲁西安，但他觉得"鲁师父"这个名字听上去更有亚洲风情，让人感觉他的教学更具有功夫的原汁原味。鲁师父教给我，作为真正的功夫女孩，当我遇到难题的时候，我应该深呼吸几口，学会心平气和。因此，每次面对难以下咽的饭菜，我就用上鲁师父这一套。其实，我把盘子里的东西全部吃光光，不仅有鲁师父的功劳，也有宝宝老师的功劳。因为她就像猫头鹰一样瞪圆了眼睛，虎视眈眈地监督我们吃饭。在她看来，好好吃饭是世界上最重要的事情。如果你问她："光盘行动和停止战争，哪个更重要？"她会脱口而出："当然是光盘行动更重要。世界上还有比小朋友好好吃饭、快快长个更重要的事吗？！"

　　无论如何，在宝宝老师的严格监督下，我在食堂的表现还算过得去。虽然我每次吃饭都得深呼吸，但无论如何我做到了"光盘"。可是我真的做不到每时每刻每分每秒都遵守规矩。宝宝老师列出的"不可以"黑名单，内容五花

八门，简直比万里长城还要长：娜德嘉不可以
挖鼻孔、娜德嘉不可以手插裤子口袋、娜德嘉
不可以缩肩驼背、娜德嘉不可以无故唉声叹气、
娜德嘉不可以弄脏袖子、娜德嘉不可以走路歪
歪扭扭、娜德嘉不可以浪费厕纸、娜德嘉不可
以把手掌印在玻璃门上、娜德嘉不可以勾肩搭
背拉拉扯扯、娜德嘉不可以敞开外套拉链到处

乱跑……

宝宝老师的"不可以"实在太多了，多得我数都数不过来。为了达到她的高标准"站如松，坐如钟，行如风，卧如弓，讲卫生，不浪费，爱劳动，有礼貌"，宝宝老师对我们要求极其严格。我感觉她每分每秒都会发明一项新的"不可以"。开学没多久，我已经被罚过无数次了。当然啦，被罚站的不只我一个人，有时站着的同学比坐着的还要多。我不明白她为什么要罚站，因为这种惩罚既不会让人脚疼，也不会让人手疼，更不会让人头疼，最多就是无聊了一些：一旦被罚站，我们就不能交头接耳、窃窃私语了。

我被罚站的次数实在太多了，连一贯淡定的爸妈都觉得情况有点儿不对劲，打算找宝宝老师谈一谈。我把头摇得跟拨浪鼓似的，一叠

声的"不不不"。爸妈看我态度如此坚决，便不再坚持了。可是到了晚上躺在床上的时候，我又想：为什么不让爸妈和宝宝老师谈一谈呢？我的心里很矛盾，不知何去何从。

其实，我犹豫不决的原因有两个：第一，我不希望别人干涉爸妈的育儿方式。之前总有自诩育儿专家的朋友对我爸妈说，孩子三天不打上房揭瓦，我之所以无法无天，就是因为爸妈放养我，没有严加管教。我一听就来气，他们简直胡说八道，说得驴唇不对马嘴！爸妈对我们姊妹俩的教育方式一模一样，但璐西天生就是文静乖巧，而我天生就是活泼好动。第二，我不希望爸妈借此机会摸清我在学校的一举一动。怎么说呢，每个人都有自己的"秘密花园"，我也不例外，所以学校生活和家庭生活最好泾渭分明，别掺和在一起。

—4—

最最美好的一天

　　十一月二十三号，星期五。我会永远记得这一天，因为这一天我破天荒地意识到一个道理，那就是"锦上添花，好上加好"。这两个成语是马塞尔姑姑的口头禅，每次她来我家吃饭，总是边开红酒边说"锦上添花，好上加好"。她还神神秘秘地告诉我，多说吉利话，就能图个好彩头。在此之前，我一直对此嗤之以鼻，我甚至有相反的想法，那就是"福无双至，祸不单行"。不过，十一月二十三号这天发生的事，让我的态度有了 180 度大转变：事实证明姑姑是对的，姜还是老的辣。

话说十一月二十三号早上八点整，就在我和姐姐出门上学之际，妈妈笑语盈盈地宣布了一个好消息：今年寒假，我们要去阿尔卑斯山滑雪，而且是两个星期，比往年整整多了一个星期！我高兴得跳了起来：哇，太棒啦，终于有理由不上学啦！而且，我最喜欢爬雪山、堆雪人、打雪仗啦。在冰天雪地里玩个够之后，再吃上香喷喷、热腾腾、甜丝丝的奶酪火锅，简直快乐似神仙呢！

与我的欢天喜地不同，璐西却愁眉苦脸，担心会落下一个星期的功课！其实她根本就是自寻烦恼，因为她是妥妥的学霸，每次考试都是 100 分。看着璐西焦虑的样子，妈妈灵机一动，建议她利用这个悠长假期啃完姑姑送给她的"大砖头"——一部长达 680 页的《大卫·科波菲尔》[1]！知女莫如母，不愧是我妈，一句话就能安抚学霸女儿。总之，我和我姐都开开心心地出了门，虽然我俩开心的理由截然相反：我开心，是因为放假终于可以大玩特玩；我姐开心，是因为放假依然可以学了又学。

不管怎样，十一月二十三号这一天福星高照，它不仅是我最美好的一天，也是我最难忘的一天。这不，就在八点二十七分的时候，当我踏入校门的一刹那，我突然感到一股幸福的暖流像电流一样瞬间传遍全身。我觉得自己身

---

[1] 《大卫·科波菲尔》是英国19世纪小说家查尔斯·狄更斯的长篇小说，讲述了主人公科波菲尔从童年到中年的故事，情节波澜起伏，真挚动人，是世界文学的经典之作。

轻如燕，仿佛一下长出了隐形的翅膀，扑棱扑棱，轻轻一扇就飞上枝头，和叽叽喳喳的小麻雀一起迎接这无比美妙的一天。就连空气似乎也发生了奇妙的化学反应，变得更加清新、透亮了。

不仅气氛发生了神奇的变化，周围的人也变得喜气洋洋的。保安杨咣叔叔也变得前所未有的"阳光"起来，只见他一如既往地站在校门口迎接我们，满是皱纹的脸笑得像朵大菊花，仿佛他终于迎来守得云开见日出的这一天，而且他充满疼爱地摸了摸我的头。就在我忙着将顺被杨咣叔叔弄乱的刘海儿时，我突然心头一震，有了一个天大的发现：我看见啦！准确地说，我没看见！瞧瞧，我都激动得语无伦次，说话前后矛盾了。我得平复一下激动的心情，活学活用鲁师父的教导：深呼吸、深呼吸……

好啦，我冷静下来了，我要向全世界大声宣布，这个天大的发现就是：宝宝老师不在！她不在！不——在——！

"宝宝老师不在！"这个消息像燎原的星星之火一样，迅速传遍整个校园，同学们个个上蹿下跳欢欣鼓舞。就连薇拉杜尔校长也变得不一样了呢——宝宝老师事事追求完美，连校长也感到了压力，经常面露难色，眉头紧蹙。而今天她仿佛感到如释重负，脚步也变得轻盈了。

据说，宝宝老师是请的病假。璐西告诉我，宝宝老师的返校时间尚未确定，短则一天，长则几个月，一切取决于她的病情。

当天下午，我心不在焉地坐在教室里，玛丽－露老师的话我是左耳进右耳出。我的座位就在窗户边，刚好可以瞅见校门口的动静。我

伸长脖子，一动不动地盯着校门口，生怕那个熟悉而可怕的身影出现。整个下午，除了杨吮叔叔偶尔走出保安室伸伸懒腰踢踢腿，校门口鸦没鹊静的，连一个人影也没有。"她有可能病倒了，来不了了。"我越想越开心，灵机一动改编了我最喜欢的儿歌《两只老虎》的歌词，哼了起来："宝宝老师，宝宝老师，生病了，生病了。今天不来很好，明天不来更好。真快乐，真快乐。"

接下来的两天是周末，我整天都在家里无限循环哼唱宝宝老师版的《两只老虎》。我刷牙唱，吃饭也唱，走路也唱，玩玩具也唱，看动画片也唱，就连睡觉躺在床上也唱，到最后连我妈都烦了："娜娜，你嘴里哼哼唧唧的是啥呀，闹得我都头晕。"其实，我边唱边盘算着一件事：我要许一个殷切的愿望，就是宝宝老师永远不再回到学校。神奇的是，这个愿望似乎实现了。

　　转眼到了星期一，宝宝老师果然没来学校，第二天、第三天……接下来整整五天她都没有出现！"耶，终于没人管我啦！"我忐忑不安的心终于放了下来，高兴得在操场连翻了三个跟头。我仿佛解了绑的猴子一样，整天过着无法无天、快活逍遥的日子：在教室里，再也没有人在我耳边唠叨"讲究卫生，专心听讲"，鼻子只要有点儿痒我就开始挖

鼻孔，脑袋只要有点儿烦就开始递纸条开小差；在操场上，再也没有人虎视眈眈地盯着我，我爱怎么疯就怎么疯，满地打滚儿，歪歪扭扭到处乱跑，把脏兮兮的手掌啪一下拍在玻璃门上，和同学比赛看谁拍得最高；在食堂里，再也没有人逼我吃讨厌的青椒、菠菜和酸汤酱汁炖鱼了，我只吃自己最爱吃的甜甜圈和草莓酸奶……总之，我过上了梦寐以求的天堂般的日子。

　　而且，我还从书包里翻出了心爱的忍者头巾。我开学第一天就把它揣在包里，本想瞅准时机偷偷戴上，在全班同学面前炫炫。没想到宝宝老师的火眼金睛像二十四小时的全天候雷达一样，我一直没找到一丝一毫的机会。现在，我终于可以光明正大地把忍者头巾绑在头上。美丽的玛丽－露老师笑眯眯地拍拍我的头，称

我是"可爱的小海盗"。

我只觉得脸热，真高兴死了，同学们羡慕得眼都红了。不过美中不足的是，玛丽－露老师错把我戴的忍者头巾看成海盗头巾了。我发现，生活中大多数人都分不清这两者的区别。不过，做个乘风破浪、勇闯神秘岛的小海盗也不错。所以，我干脆将错就错，一口气画了好几幅海盗船和骷髅旗的画，用彩带挂在教室里。

这样的日子简直不要太完美，要是再能组

织一次空手道比赛就好了。不过，我想起妈妈教我的一句老话"人心不足蛇吞象"，告诫我做人要知足，不能太贪心。妈妈说得对，我现在的日子已经够好了。

星期天晚上，姐姐走到我的卧室，看起来忧心忡忡的："娜娜，你这几天太捣蛋了。你知道宝宝老师一定还会回来的，你最好收收心，免得被打个措手不及。说不定，她明天就回来了呢，所以保险起见，你最好不要戴海盗头巾去学校了。"

我不以为然地摆摆手："姐你放心，宝宝老师明天不会回来的。"

姐姐睁大眼睛问："咦，你说得跟真的一样。你怎么知道的？"

我骄傲地说："因为我许了个愿，而且是

'殷切'的愿望哦。"

姐姐摇摇头，坐在我的床上，用鼻子蹭了蹭我的鼻子。璐西清楚，我从小对这种因纽特之吻毫无抵抗力，所以每次她有事相求的时候，就会使出这个百试不爽的撒手锏。这次也不例外。她捧着我的脸，看着我的眼睛说："宝宝娜娜，就当是为了我，好吗？答应我，下周别戴海盗头巾了。"

除了点头，我还有别的选择吗？其实，我心里正打着小算盘：即使点头我也没啥实质性损失，因为璐西和玛丽－露老师一样张冠李戴，错把忍者头巾认作海盗头巾。所以我无比响亮地回答："我发誓，下周不戴海盗头巾了，可是我会戴忍者头巾哦。"当然啦，这后半截话我是在心里悄悄说的，可不能让璐西听到。

— 5 —

心中压了块大石头

一开始，妈妈以为我感冒了，因为我这几天太反常了：茶不思饭不想，甚至连最爱吃的巧克力海绵蛋糕都吃不下，而且我大半夜经常被噩梦惊醒。更要命的是，我醒来之后就睡不着了，睁着眼睛，两眼鳏鳏，直到天蒙蒙亮方才蒙眬睡去了。总之，我简直到了寝食难安的地步。

这样折腾了三四天后，妈妈带我去看拉艾

比医生。她是我们的家庭医生，我从小就找她看病。我最喜欢拉艾比医生啦，因为她总是把自己打扮得漂漂亮亮的，不是戴着亮闪闪的水晶耳环，就是戴着仙气十足的羽毛耳环。

拉艾比医生仔细检查了我的嗓子、耳朵和鼻子，在我的肚子上敲了几下，又给我测心率、量血压、测身高、称体重，还让我在诊室里来回走了几次。忙活一圈下来，她回到办公桌前坐下，满脸疑惑。

她先看了一眼妈妈，又看了一眼我，问道："宝贝，你在学校过得怎么样？"

"挺好的。"我答道。

"你们班的同学怎么样？"

"他们也挺好的。"我疑惑了，我不是来看病的吗，她怎么问起这个呢？

"我的意思是，你没和他们闹别扭吧？"

"没有呀。"我越听越纳闷儿，不知她葫芦里卖的是什么药。

"你们班的老师怎么样？"

"老师也很好呀。"

"这就奇了怪了……"拉艾比医生沉吟了一会儿，手指嗒嗒嗒地连敲了好几下桌面，"那你在校外有麻烦吗？有人欺负你吗？"

"没……没有。"我把头摇得跟拨浪鼓似的，心里直发虚。

"但据我观察，你心里有事，好像有块大石头压着。"拉艾比医生一动不动地看着我，敏锐的目光仿佛要穿透我的内心最深处。

她话音还没落，我哇一下放声大哭起来，一股巨大的悲伤像潮水一样袭来，一下子把我

淹没。要知道，平时我几乎从来不哭，因为我是个空手道女孩，要学会掌控情绪。

"哎呀呀，这孩子好端端的，怎么就哭起来了……"妈妈把我抱起来，搂着我，拍着我，摩挲着我的头发。我趴在妈妈的肩膀上，夺眶而出的泪水一下把她的衬衫打湿了。哭着哭着，我渐渐地觉得好受了些，哭声从哇哇哇的大哭转为一抽一顿的啜泣，眼泪从瓢泼大雨转为毛毛细雨。

在模模糊糊的泪光里，我看见拉艾比医生的表情，仿佛她也有点儿手足无措。可问题是，我也不知道发生了什么事，我只感觉心里的确像拉艾比医生所说，仿佛有块大石头压着，至于"这块大石头"到底是什么，我也说不清道不明。

看我渐渐地止住哭声，医生和妈妈有一搭没一搭地攀谈起来。她们的声音温柔而熟悉，正是我此刻最需要的东西。

"家里一切都好吗？"拉艾比医生问，"没有什么家庭变故吧？"

"没有，"妈妈回答，"家里都挺好的。我老公最近跳槽了，工资涨了一大截。而且他的新公司将派他去滑雪场拓展业务，这下我们全家都沾光了，可以玩整整两个星期的滑雪。孩子们高兴坏了，尤其是娜娜。"

医生点点头，试探性地问道："要不然问题出在幼升小？娜德嘉从小活泼好动，让她从早到晚坐在教室里，确实挺难的。"

这句话虽然听起来轻描淡写、平平无奇，但像一道闪电划过黑暗的天空，登时照亮了我从未想到的一点，跟着又像一声焦雷打进了我的心，使我的心跳了一大跳。我一下从妈妈腿上蹦下来，径直来到医生面前："医生阿姨，您说对了，问题就在这里。我的病已经好了，非常感谢。"

其实，拉艾比医生并不全对。我非常喜欢小学，也喜欢坐在教室里看书、写字、算数、画画，因为这意味着我长大了，掌握了更多的本领。但是，医生阿姨刚才的话里有什么东西触动了我，豁然打开了我的心结。现在，我终于知道我该做什么了。

—6—

可怜的我，苦恼的我

"妈妈妈妈，求求你了。这事非常非常重要，我得去看她。"我撒起娇来了。

"可娜娜，咱不了解她啊。"妈妈说，"我也不知道她住在哪里。说实话，我不明白你为什么非去不可。"

这天晚饭，我们一家四口正在吃番茄肉酱意面。这是我最喜欢吃的面，再加上前几天我没好好吃东西，现在不禁胃口大开，哧溜哧溜三下两下就嗦光了整盘面。妈妈边给我添面边说："我的天，这是几日没吃，馋成这样。你慢点儿吃，没人跟你抢！"

爸爸朝妈妈眨眨眼说："老婆，你瞧，我怎么说的，别太担心！咱家娜娜没几天就会生龙活虎起来。"

爸爸妈妈相视而笑。只见爸爸转身从橱柜里拿出一瓶红酒和两个高脚杯，他和妈妈边碰杯边说："人逢喜事精神爽，让我们举杯庆祝。"一杯酒下肚，妈妈容光焕发，两腮像胭脂一般红了："亲爱的，你说的对。只要有你和孩子在，再苦再难我也不怕。"

欢乐的情绪也感染了我姐，她开始手舞足蹈地给我们讲她刚学的英语语法知识点，什么一般现在时和现在进行时的区别，形容词性物主代词和名词性物主代词的用法等，搞得我一头雾水。我不明白，世上居然有人能把英语语法讲得这么眉飞色舞，津津有味。不过，我早已习惯了。虽然我俩是同一个妈生的，但我们的性格爱好可以说是天悬地隔。现在，我的当务之急是实现我最迫切的一个愿望——看望宝宝老师。

"她有可能在住院，不方便探视。"爸爸第一个站出来反对。

"据我了解，你好像也没那么喜欢她吧。"妈妈在一旁助攻。

"你不会想她了吧？"璐西小声问我，脸上的表情仿佛在说："瞧，这是三更半夜见太阳了吗？"

"听我说，你们都不明白，"我大喊道，"如果我不去看她的话，我又要生病了！"

"娜娜，真真你就是我命中的天魔星。"妈妈绷着脸瞪着眼说，"什么生病不生病的，你这是在要挟妈妈吗？"

我低头嘟囔起来："妈妈，医生阿姨说的，我心里有事，就像有块大石头压着一样。而且这块大石头太沉了，就快掉到肚子里了。"

"不会是你一连扫光了三盘面，撑着了吧。"爸爸半开玩笑地说道。

我顿时觉得偌大的客厅只剩下我孤零零的一个人。这就是我们小孩的烦恼：当你郑重其事地说出内心真实的想法，周围的大人却把你的话当耳旁风。看来，我得另辟蹊径，想别的法子。我决定第二天一早就找薇拉杜尔校长。

　　一看见我，校长的神情就不自然了，好像在说"我正要去遥远的阿拉斯加出差，你那点儿烦心事，我可是爱莫能助，鞭长莫及啊"。我则摆出一副可怜兮兮的样子，告诉她"老师就像蜡烛，点燃自己，照亮别人。我是陷入黑暗烦恼里的小孩，需要您的指点和照亮"。

　　校长指着一张沙发："坐下吧，我的孩子。你叫什么名字来着？你是一年级的新生，对吧？"

　　"是的，校长。我叫娜娜，呃……我叫娜德

嘉·戴美妮，我有件重要的事情想请教您。听说宝宝老师病了，我想去看望她，但我不知道她住在哪里。请问您有她的家庭地址吗？"

薇拉杜尔校长的眼睛瞪得像铜铃那么大，我差点儿以为她要激动地拍桌子。

校长眼睛湿润了，声音微微颤抖。"噢，我的孩子，你真是个好孩子，太贴心啦！"校长瞄了一眼桌上的日历，"正好明天是星期三，下午没课。这样吧，我把她的地址写在这张纸上，你让爸妈开车送你去。不瞒你说，宝宝老师是孤家寡人一个，非常孤单。我敢打包票，她见到你一定会很开心很感动的。"说着，她从口袋里掏出一块手帕，噗地用力擤擤鼻涕。我发现，她的鼻子红红的，眼睛也红红的。

我走出校长办公室，兜里揣着这张宝贵的

纸条，仿佛揣着张珍贵的寻宝图。我相信，这张畅通无阻的"通行证"一定能说服爸妈，毕竟薇拉杜尔校长也站在我这边。

人不可貌相

"妈妈，要是你能让我在宝宝老师家多待一会儿，我就告诉你我看望她的真正原因。"我边说边跳上车。

"我才不想知道呢，"妈妈撇了一下嘴，"那是你自个儿的事，我可不想插手。"

"妈妈，谁说谎谁是小狗！你就是想知道，因为今早起床的时候，我听到你和爸爸说：'我真想知道娜娜为什么非要去看望宝宝老师。'"

妈妈眉头一皱，猛按了一下喇叭："好啊，娜娜·戴美妮！你不但要挟我们，还学会了偷听？我真不知道我是怎么教育你的！你要是再这样，我们立马打道回府！"

眼看拐个弯就要到目的地了，我可不能前功尽弃。我咬咬下嘴唇，绞尽脑汁想力挽狂澜的法子。就像高手打牌出其不意地甩出一对王牌，我也说出了一句王炸："妈妈，对不起。"

只听到吱嘎一声，妈妈突然刹车，我整个人也因为惯性猛地往前一冲。幸好我系好了安全带，不然我的额头会被挡风玻璃撞出个大鼓包。我揉揉眼睛，以为我们遇上车祸了，但我们周围既没有车，也没有人。

妈妈呼一声吐了口气，惊奇地瞪着眼，又摇头，又啧啧："娜娜，你今天太反常了吧？平

常我讲一句，你顶我十句。从你嘴里说出一句
'对不起'，简直比登天还难，看来你真对宝宝
老师很上心。行吧，小丫头，你这么执着，必
然有你的理由。妈妈全力支持你。"

　　我高兴得亲了妈妈一下。

　　我们顺利到达奥茂胡同 5 号宝宝老师的家。
下车前，我说："妈妈，你待会儿就在门口等我
吧，我想单独见老师。"

我妈边打着方向盘停车边说："今天啥事都听你的，行了吧？你和宝宝老师师徒情深，我还求之不得呢。"

我们走到老师家门口，按了一下门铃。屋里静悄悄的，没有任何动静。妈妈又敲了敲门，大声叫道："宝宝老师，您在吗？我们娜娜来看您了。"

我把耳朵贴在门上，只听到里面一阵窸窸窣窣，一个熟悉的声音隐隐传来："大门没锁，请进。"

我捏捏妈妈的手。妈妈亲了亲我的额头："乖孩子，去吧。妈妈就在这儿等你。"我深吸一口气，走了进去。

室内昏暗狭小，只有一丝亮光从尚未拉严

的窗帘缝透出来。家具简单老旧，靠墙的高脚桌上放着一个花瓶，里面插着耷拉着脑袋、枯萎焦黄的花束。唯一的卧室虚掩着门。

"进来吧！"一个有气无力的声音从卧室传出来。

我轻轻地推开门，眼睛一下被强烈的光线刺得睁不开眼。原来，与客厅的昏暗狭小相反，宝宝老师的卧室朝向一座大花园，灿烂的午后阳光从开阔敞亮的落地窗倾泻而下，洒在床上，发出柔和氤氲的辉光。宝宝老师端端正正地坐在床头，像坐在一片洁白的雪地上，也像坐在一片洁白的云彩上。她除了脸色苍白、声音沙哑之外，和平常一模一样：依然是一丝不乱的头发，依然是尖利明亮的眼睛，依然是紧紧抿着的嘴唇。

我端了把椅子，坐在床边。我和宝宝老师四目相对，你看我我看你，都不知道说什么。我心中有千言万语满心要说，却不知从哪一句说起，只得怔怔地望着她。两个人就这样怔了半天，宝宝老师只咳了一声，张口说道："告诉我，同学们是不是觉得我太严了？"

我点点头："嗯，大家都有点儿怕您呢。"

她咳嗽了几声，拿起放在床头柜上的大瓷杯，咕嘟咕嘟地喝了几口水，无比怀念地叹道："哎，时代变了。在我那个年代，大家都相信严师出高徒呢。"

我心想："'那个时代'是哪个时代？一百年以前？不管怎样，那个时代的孩子可太惨了。"但这不是我眼下最关心的东西。有个问题我心心念念了好久，一直憋在我心里，把我生

生憋出了病。

　　我试探地问道："很严重吗？"

　　"什么严重？"宝宝老师不懂了。

　　"您的病。"

　　"目前医院还没有结论，还需要进一步的检查。"

　　我深吸了口气，问出最关键的问题："您会死吗？"

宝宝老师低头看了看手指，抬头看了看天花板，扭头看了看窗外的花园，最后视线回到我身上。她看着我的眼睛，一字一顿地说："据我所知，不会，至少近期不会。"

　　我一下感觉心中压着的那块大石头放了下来，大大地舒了一口气。宝宝老师盯着我，猝不及防地问道："你为什么会有这种念头，娜德嘉？"

　　我低头看了看手指，抬头看了看天花板，扭头看了看窗外的花园，支支吾吾起来："我……我看您好多天没来学校，所以……所以我还以为您会死呢。"

　　宝宝老师嘴巴一撇，嘴角纹更深了："娜德嘉，老师我又不是纸糊的，经不起一点子小病小痛？你们小孩子太夸张啦。"

我点点头，脑海中又浮现出一个新问题："您为什么要当老师呢？"

这次，宝宝老师既没看手指，也没看天花板，更没看花园，而是坦率地看着我说："因为几十年前我满大街找工作的时候，恰好找到这份工作。"

这时宝宝老师眯缝着眼睛，板着的脸放松了下来，似乎在追忆自己在教师岗位上度过的青春岁月。可转眼间她的表情又变成拒人于千里之外的严厉了，但这个转瞬即逝的变化触动了我。记得妈妈跟我说过，人不可貌相。之前，我不太理解它的意思，现在我发现宝宝老师就是人不可貌相的最佳证明：她冷若冰霜的外表下，隐藏着一颗细腻敏感的心。这就像她的房子，走过幽暗逼仄的客厅，迎接人们的将是一个阳光灿烂的秘密花园。

带着复杂的心情，我跟宝宝老师挥手道别。

—8—

赌一把

　　接下来的一个月，我每周去看望宝宝老师两次，分别在周三下午和周五放学之后。有时候是妈妈开车陪我去，有时候是璐西走路陪我去。一开始，这种定期拜访感觉怪怪的，因为她既没有主动邀请我，也没有对我的拜访喜形于色。但我的直觉告诉我，这事值得赌一把，说不定宝宝老师从此就改弦更张，变得和蔼可亲了呢。

妈妈说到做到，百分百地支持我去看望宝宝老师，但她很好奇我们在聊什么。毕竟，一个半大小屁孩和一个中年女老师能有啥好聊的。

我神秘兮兮地回答："聊人生。"

妈妈惊讶得嘴都合不拢。好大一会儿，她回过神来说："小丫头，真有你的呀！"

其实，"聊人生"这话刚说出口，我立刻起了一身鸡皮疙瘩。一般来说，大人很少会和小孩聊生活里重要的事情，比如什么是生命的意义，什么是友谊，什么是死亡等。大人似乎都怀有一种根深蒂固的偏见，那就是不把小孩当回事：小孩啥也不懂啥也不会，跟他们讨论这些问题，无异于白昼点灯浪费光阴。我看见过太多的大人总是摆出居高临下、不屑一顾的表情，仿佛在说"你们小孩子家家的，除了懂吃棒棒糖，还懂啥啊"。

宝宝老师则完全不同，她是唯一平等对待我们的人，她从来不因为我们年纪小而另眼相看。相反她一直认为小孩和大人一样，有着正常的理解力、好奇心和求知欲。这种平等的观念给她带来不少误解。大家会误认为她凶神恶煞，因为她的眼神冰冷犀利，像寒光一样穿透人的内心。实际上，她对小孩大人一视同仁，既不会笑眯眯地对学生讲话，也不会乐呵呵地跟同事交谈。

总之，在她面前我有一种前所未有的感受，那就是自己和大人一样平等，拥有自由的思想和独立的判断。而且，她从来不会以甜腻腻、软绵绵的口气叫我的小名"娜娜"，总是直接叫我的全名"娜德嘉"，语气郑重严肃。所以，上次拉艾比医生无意中叫我娜德嘉时，我不由得心头一震：我猛地想起此前叫我全名的唯一一个人——宝宝老师。从那时起，我就产生了去看望她的念头。

但这并不是真正的原因。

我想去看望宝宝老师的真正原因，是我害怕她会死掉。更准确地说，是因我而死。记得她刚刚生病的时候，我简直太高兴了，有事没事都哼着我胡诌的歌儿："宝宝老师，宝宝老师，生病了，生病了。今天不来很好，明天不来更好。真快乐，真快乐。"

但是到了晚上，我却翻来覆去睡不着觉，因为这首可怕的歌一直在我耳边循环播放。在我的想象中，宝宝老师被万寿菊和白百合围绕着，直挺挺地躺在棺材里。我吓得腾地闭上眼睛，赶忙拉起被子来蒙住脸。这样折腾了几天，我既睡不着又吃不香。当我迫不及待地张大嘴，准备把香喷喷的土豆牛腩送到嘴里时，我拿着勺子的手猛然停住了，因为我想到了宝宝老师，她说不定此时此刻正在经受病痛的折磨。我登时脸色煞白，浑身颤抖。因为这一切都是我造成的，是我许下了那个殷切的愿望。

所以，这才是我看望宝宝老师的真正原因。我一时任性，许下错误的愿望，导致每天都捏了一把汗，良心惴惴不安。所以，我必须用实际行动来表达我的悔恨。记得马塞尔姑姑说过："善有善报，恶有恶报。"事实证明，姑姑这次又对了，姜依然是老的辣。

幸运的是，自打我去看望宝宝老师的那天起，我心中的大石头终于落地。我庆幸她只是小病小痛，并没有任何生命危险。不过从那时起，一种全新而特殊的感情在我心中萌发：之前那种翻江倒海、坐过山车似的忐忑混乱心情，一下烟消云散了，取而代之的是内心无比的平静和踏实，仿佛宝宝老师的秘密花园也长在了我的心里。我不禁怀疑，宝宝老师有魔法，能抚平一切焦虑和不安。因此我一有时间就去看望她。

这个星期五，我一如既往地去看宝宝老师。不过，这次我带了"礼物"。我带上自己最喜欢的书，打算给她朗读，替她解闷。记得爸爸说过："人在生病的时候，做什么事情都没劲。"他年轻的时候曾是滑雪运动员，在一次重大比赛中受了重伤，在医院里躺了好几个月，全身插满管子，一动也不能动。爸爸告诉我，那是他一生中最难熬的日子。说到这儿，爸爸眼眶红了："娜娜，生病的人最脆弱，不仅是身体上的，而且是精神上的，因为他们不仅要饱受病痛的折磨，还要忍受一动也不能动的烦闷无聊。"我牢牢记住了爸爸的话，所以我今天去宝宝老师家，主要目的是给她解闷。

这次是璐西陪着我。她紧紧地拉着我的手，紧张兮兮地说："我在门口等你。如果你觉得有危险，你就大声喊我。"

我捧着高高的一摞书，下巴抵在书堆上，朝姐姐眨眨眼："放心，我自有安排。"

我姐故意装出一副恍然大悟的样子，用手捂住嘴，说道："你该不会想把书当成砖头吧？"

我白了她一眼："呵呵，你的冷笑话一点儿

也不好笑。"说着，我走进屋内，用胳膊肘抵开房门："下午好，宝宝老师。"

宝宝老师没好气地回答："娜德嘉，你忘了？进门前要先敲门，表示礼貌！"

我小心翼翼地把书放下："老师您说得对，可我今天真腾不出手来。您瞧，我大老远扛了一大堆书来，给您解解闷，让您放松放松。"

说着，我坐在宝宝老师的被褥上，打开我最心爱的《童话故事集》，津津有味地开始朗读："很久很久以前，有一位英俊的王子……"我一口气读了《美女与野兽》《小红帽》和《蓝胡子》。我边读边不时偷瞄宝宝老师，只见她一副乐在其中的样子：眼睛微微闭着，额头纹也舒展开了。

"……从此，他们幸福地生活在一起。"我

啪一声合上书，抬头看着老师。

宝宝老师睁开眼，点头道："嗯，你一年级就能读成这样，不错不错。"

我心里乐开了花，真想在她房间里连翻三个跟头。要知道，宝宝老师是个鸡蛋里挑骨头的人，得到她的赞许，简直比登天还难。不是我吹牛，朗读的确是我的强项，因为我从小就爱读书，早就把这些经典童话故事读得滚瓜烂熟了。而且，我还很有表演天赋，通过语调的波澜起伏和声音的轻重缓急来表现人物情绪和故事氛围，达到身临其境的效果。

受到宝宝老师的鼓励，我决定再接再厉，把我的朗读计划进行到底。不过，我转念一想，宝宝老师都一大把年纪了，一定把这些童话故事听得耳朵都生老茧了。不如我下次弄点儿新花样，给她一个惊喜——自编新故事。

说到做到。我一回到家，就开始绞尽脑汁编故事。一有想法，我就把它记在小本子上。我日思夜想，甚至做梦都梦见自己在冥思苦想、奋笔疾书。转眼间到了星期三，我胸有成竹地站在宝宝老师面前，绘声绘色地讲了起来："很久很久以前，有一位国王。他有两个宝贝女儿，大女儿很美丽，名叫'大美妞'；二女儿很善良，名叫'丑八怪'……"

"等等，"宝宝老师做出"打住"的手势，"按照逻辑，二女儿不是应该叫'好心人'吗?"

"那是传统的老套故事。在我编的新故事里，二女儿就叫'丑八怪'。"

这时出现了一个奇迹：宝宝老师的表情从惊讶到理解，从理解再到喜悦，一种由衷的喜悦从她眼角眉梢荡漾开来，化出一个大大的笑容。她向我竖起大拇指："娜德嘉，我看出来了，你是个有创意，有个性，不走寻常路的女孩！"

这是我第一次看见宝宝老师开怀大笑，仿佛秘密花园里的阳光都倾泻在她身上，无比灿烂，无比温暖。

我歪着头，皱起鼻子，笑眯眯地说："宝宝老师，你笑起来真好看。"

— 9 —

尾声

一个月之后，宝宝老师康复了，回到学校。

她还是老样子：穿着超酷的黑色高领上衣，盘着高高的发髻，头发紧贴头皮一丝不乱，嘴唇紧闭，眼神发亮。而且，一旦我们犯错，她还是一如既往地惩罚我们。

但她有一个巨大的变化：她不再罚我们站墙角了，而是换成了"朗读一本书"。巡视的时候，她的眼睛像探照灯一样扫射着每个学生。

如果她发现你把脏兮兮的小手印在玻璃门上，或在走廊上追逐打闹，她就会把你拎到办公室，递给你一本小说。

"来吧，捣蛋鬼。开始读吧，我洗耳恭听。"她说。

自打回校，她的办公桌上总放着高高一摞书，有的足足有砖头那么厚。这些书都是我们从来没看过的，我只记得有一本是什么巴尔扎克的《高老头》，还有一本是什么勃朗特的《呼啸山庄》。

最奇怪的是，这种惩罚受到全校同学的欢迎，就连平时不爱读书或有阅读障碍的同学也不例外。这些朗读者，有的眉飞色舞、声情并茂，有的结结巴巴、吞吞吐吐。可是，这并不重要。最重要的是宝宝老师的书似乎有特别的魔力，让我们一下爱上阅读。每当我们正确地读出好词好句好段，她的眼睛就会笑成弯弯的月牙。

就像学校上空一弯隐秘而美丽的彩虹，宝宝老师的笑容温暖着我们每个人的心。